JN201003

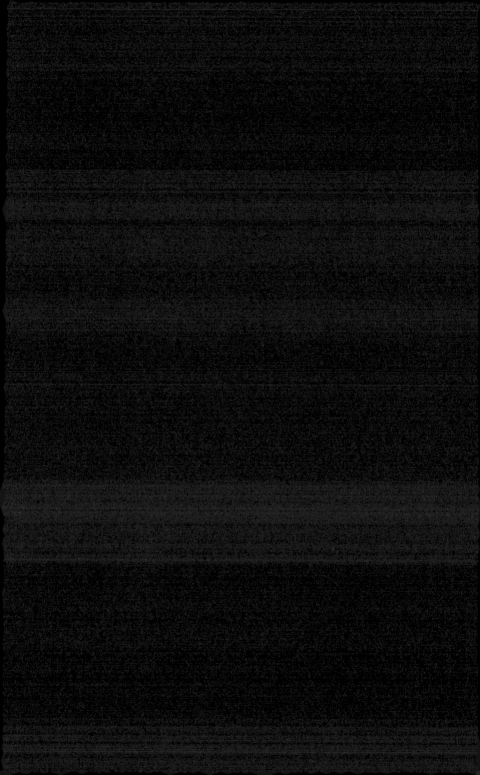

地図をはずれて

谷口ちかえ

思潮社

地図をはずれて　谷口ちかえ

思潮社

目次

I

地図をはずれて　谷口ちかえ

I

地図のはずれで

地図をひろげて
次に行くべきところを探している
今日にわずかに爪を立て
「心」は　翼のないまま飛ぼうとする
「鳥」のかたち

二年も暮らせば飛び立つ予習ばかりしていた転勤族
引き揚げ船からはじまった
よちよち歩きのわたしの航路
振りかえればいつも仮の空の下にいた

この町からあの町へと移り住み
地平線や水平線を思い切りめくって
遠い岬にも厳しい峰々にも
地球の裏側まで行ったのに
それでもまだ行きつけない　ほんとの空

地図をはずれて一人往く
これからの道を思うようになって
呼ぶこともなく逝った父が近くなる
運か不運か　わたしばかりが生き残り

みんなが飛び立った空っぽの巣で
地図と語りあいながら
それぞれの行方を追っている

再生または洗礼

——遠くで村人のざわめきと薪の弾ける音がする
見えるはずの赤い炎がどうしても見えない
大人たちに抱えられて焚火にあぶられる自分の姿が
心のどこかに絵のように貼りついている

水　汲んできて……

空き缶をぶらさげて石づたいに滝のほうへと降り
水ぎわの丸石に足をかけたとたん
濡れた苔の上を小さな靴底がちいさな弧を描いた
小学一年生の仲間の姿が影になって

不透明な水のむこうにすっと遠のいた
釣り竿を放ったMちゃんの叫びが土手にそって走っていった

洋服と身体のすきまから　指と指のあいだから
木綿のちいさな織り目から
つぎつぎ生まれる無数の泡が空にむかって昇っていき
頭のすこし上でこもれびが砕けた
まわりをとりまく薄水色の虚空は
とりとめのない息苦しさに満ちていて
もがけばもがくほど新たに起こる水のうねりが
胸をさらに苦しく締めあげた

くるぶしの内側に遠く痛みが走った
こもれびと泡が川面の下に湧く靄に溶け
それはしだいにひろがり厚みを増し

わたしを包みはじめて息苦しさと痛みが消えた
たなびく雲は白さを増し　すべてを隠した

目ざめれば陽はかなり高く
眩しい光があたり一帯を染めていた
ここが自分の家だと気づき身じろぐと
火照る身体はしっかりとこの世に鋲でつなぎとめられた痛み
足首や手首にまかれた包帯の白さが眼を射て
空をつかみ手足をこすりあわせた激しさを
はるかな思いでたどっていた

　よかった　よかった
預かりものを無くさないでよかった
と　祖母はそれからしばらく泣いてばかりいた
この世の地図から幾度もはみだしそうになりながら

それでも点線となってつながってゆく命運は
敗戦と玄界灘のこちらがわでしだいに太くなるのだ
と　祖父はひとりで合点した

ほんとにそうであったのか　なかったのか？
数年後　わたしはトンネルのような時間をくぐりぬけて
長くて寝苦しい石炭列車の旅をした
なんの説明も納得もなく余生を送る二人を遠景として
運命線となったレールは黒々と
母の嫁いでいった未知の東京へとつづいていた

とっくに亡くなった祖父母の姿は
それ以上遠ざかりも近づきもせず
レールの向こうから今でも
あのときの手を振りつづける

始発駅

あきはばらぁ〜　あきはばらぁ〜
ホームに降り立った人の波が
種を爆ぜたように地下に消える
どんな風の吹きまわしに運ばれたのか
長い石炭列車の終点は
その日　九歳のわたしの始発駅となった

高架線から見下ろすネオンと喧騒の街の上を
冷たい二月の風がかけぬけていった
その秋葉原で　あいさつのように買ってもらった

オーバーと革靴　そして重たい辞書と

けれど　今に見合わない服は
背伸びのぶんほど大きくて
わたしをひどく疲れさせた
わからないことなど何もない
不必要な答えが詰まった辞書も
すぐに退屈してしまった
ぎこちない靴音をしたがえて
見知らぬ街を迷いながら帰ってきたが
あのときどんな無言の約束が交わされたのだろう

気づいてみればわたしも
うまく芽吹けない　今を拒否した固い種子
これから……これから……と

殻の中で脈絡のない夢ばかりをふくらませて
明後日の方角へ飛びたとうとする気配は
隠していても感づかれる

それから五年　十数年　そして十五年
サイコロを振る勢いで
今日という仮の時間を破った日
つかの間　白鳥に変身した花嫁衣裳に隠された
素顔をのぞきながら伯母は言った
　これからがあなたの人生よ――

そのときも　その後も　いつも現在《いま》は
覚束ない明日への通過駅で……

わたしの在処

ここはどこ?
いまはいつ?

一瞬　自分の居場所が分からなくなる
どこをさ迷っているのか
おぼろな記憶を目まぐるしくたどり
わたしはあやうく今日に目覚める

どんな兆候なのだろう?
名前を失い　心も失い

めんどうな約束ごともすべて失って
魂だけで体《てい》もなく漂っていたところから
不覚のまま帰ってきたわたしの在処

そんな目覚めは　旅枕
カリブ海南端の島国ではじまった
村で死人が出るとやってくるという
おばけ鳥《ジャンビィ・バード》＊の声に起こされて
そのとき　不思議の国に目覚めたのだ

さそり座が落ちてきそうな山巓のロッジや
なんの変哲もない隣町だったこともある
運ばれていくバスや
電車の中だったことも

半睡眠《レム》の浮遊感覚になじみながら
しだいにわたしは愉快になる
此岸とも彼岸とも違うあちら側の世界に
あるときふいに目覚めるかもしれない

もともとどこからやってきたのか
今いるところがどこなのか
分からないまま生きてきた
あみだくじのような角をいくどか曲がって
どうにかここまで辿り着いたが
これまでの道すじも仮想だったとよく分かる

これは愉快だ！
魂ひとつになってすべりこむ世界は
まだ誰も知らないX次元

旅の今宵
それがどこかを見届けようと
内側の目を見開いて
やってくる眠りを待っている
こんどこそほんとの自分に目覚めるために

＊Jumbie Bird は、トリニダードで最も小さい Pygmy（ふくろう）で、地元の民間伝承では夜にその鳴き声を聞くと誰かが死ぬと信じられている。

白いハイチ

赤信号が点滅する日本列島を正面にして
地球をくるりと真反対に回すと
目の前には言葉にできないほど青くて緑の海が広がる
島と珊瑚礁が点々とつらなるカリブの海だ

ブレッドフルーツ・プランタン・スターアップル
たっぷりとした太陽で色づいた果物も
ハミングバード・フランボヤン・キャノンボール
くりかえせば口をついて出てきそうなのに
花々の種類も鳥のさえずりもあふれているのに

降り立った国は悲しい形容詞で飾られる
西半球の最貧国　ハイチ
外出も所有も禁じられた奴隷たちの十三年間の反乱が
犠牲や破壊と引き換えに勝ち取った独立後の二百年が
約束してくれたものは何だったのか？

失業率七十％　ＨＩＶ感染率十五％　電気普及率二十％
国民一人当たりＧＮＰ四万円弱　インフラ整備劣悪
降りたとたん　獲物を狙う目に囲まれる
町を歩けば飢えている目にうったえる
それでも陽気な目はからむ

かつてはわたしも難民だった
歩けるようになって間もないその頃の記憶はない

生まれた土地ももうこの世の地図にはない
けれど売られて買われたことはない

親しもうとして遠ざけている
飛び込もうとして逃げ出している
道ばたに並んだ絵画や食べ物の露店のそば
重たい水や商品を頭に載せて運ぶ女たちを横目に
設備の良いホテルと防弾ガラスの四駆車に守られて

ここ日本に帰ってきて忘れられないのは
サボテン属ラケットの緑と埃まみれの白い大地だ
空から見たどこまでもつらなる禿げ山と尾根道だ
大農園経営《プランテーション》と森林伐採で山々の傾斜地は開かれ
砂漠化した村々にも色彩や歌はあふれ

わたしたちも二歳の黒いジョシアを抱いて歌った
ここ　ママの故郷《ハイチ》からは遠いパパの国　日本で
昨日と同じく明日からもずっと幸せでいられるよう
遠い北の町カパイシャンへの穴だらけの道で
ボールくらい弾みながらわたしたちは声を合わせた
黒い子も白い子もみんな愛される約束の歌

イエスさまは愛す　子供たちみんなを
Jesus aime tous les enfants
この世の子供たちを　一人残らず
Tous les enfants de la terre
褐色の子も黄色い子も　黒い子も白い子も
Rouges et Jaunes, Noirs et Blancs
隔てることなく　変わることなく
Il les aime constamment
イエスさまは愛す　この世の子供たちを　一人残らず
Jesus aime tous les enfants de la terre

＊統計の数字は訪問した二〇〇三年当時

ナイト・メア

なぜ⁉
悲鳴の形に口を開けたまま
世界は言葉を失った
二〇一〇年一月十二日夕刻
なぜそれは　彼《か》の国だったのか？

〈この蹠《あしうら》で触れている地球の反対側で生きる人々のことを
感じられなくなったら自分は病んでいるのだ……〉と*1
思い定めてきた　という詩人の言葉を噛みしめながら
うまく差し出せない愛を口ごもっていると
直下型地震があの国《ハイチ》を襲い

激動は地球のこちら側をも突きあげた

訪れたその国のことを　数年前わたしは書いた[*2]
〇三年　イラク戦争前夜に訪ねたハイチ
そこにいま新たな数字が重ねられる
　死者二十二万余　首都ポルトープランスの四分の三が壊滅
　被災者は総人口の三分の一　食糧・飲料不足で略奪多発……

これら二つの詩の間から　〇六年
わたしたちの前に現れたクリストフ
生きているのか死んだのか　確証は何もなかった
倒壊した校舎の隙間で　三度《みたび》救われたと聞くまでは
十七歳　通りがかりの王宮前広場《シャン・ド・マルス》で爆風を浴びた
誘拐され　隙を見つけて逃げのびた

体内に埋められている炸裂弾の無数の破片は
負荷を受けていつしか身を守る魔力《マジック》に変わったのか?
鉱石が地中で貴石に変質するように

「ここには何もない!」カメラに向かって男が叫んだ
宿泊先のホテルだった五つ星のモンタナも崩れた
美術商のナディールさんは
ハイチが誇るコレクションとともに消えてしまった
失うもののない巨大スラム《シテ・ソレイユ》だけは思いのほか静かだった

ダンプに山盛りの死体が土砂同然　掘った側溝に流し込まれる
埋葬したと報道される十七万人のほんの一部だ
TV画面から報道カメラマン・佐藤文則さんの声がした
「ここにも　あっ　ここにも!」
瓦礫から突き出た人の手や足を指さし

異臭にむせる口と鼻をハンカチでおおいながら
〈詩人の能力とは現実をはるかに超えて夢見る力だ
そうでなければ　あの国では生きられない〉
と　かつてわたしは書きつけた

物言う目と舌を奪われ
惨殺された友たちの死を越えてなお
クリストフ　あなたのペンは水平線のさらなる高みに
未来の詩人の王国をさがそうとしていた*3

重なる苦しみ悲しみを越えて　今
そのペンはどんなふうに彷徨っているのか？
できることは　ただ
心揺するあなたの詩の終章を信じること

〈……今日　ハイチは悲しみに暮れている……だが……
夢が……想像力が……うなだれることはないだろう
詩はずっと遠くの頂きから溢れ出るだろう
夢は最後の瞬間までただよい流れているだろう
光は虚無の上にさえ　浮かんでいるだろう〉*4

*1　新川和江氏の言葉（二〇〇七年埼玉詩祭での特別講演「詩の原点――わたしの場合を語る」より）
*2　自作詩「白いハイチ」参照
*3　クリストフ・シャルル詩集『ガスネル・レイモン、ジャック・ロシェ他の自由の殉教者たち』（二〇〇五年、抄訳、谷口）より
*4　右記詩集からの引用

異界の微笑み

われらが〈生〉にとって
　つねに〈暗喩〉といふものは
　　一瞬だけずれる閃光に似てゐる……*1

と歌ったのは
渋い眼力でこの世を斜交いに見通していた
ダンディな刺客　安西均だった

終戦の夏　煎り豆を拾っているあいだに
閃光を免れた広島の女学生のことだ

生と死が一瞬の光ほどの間合いで隔てられるものなら
あなたの位置は　すすり泣くわたしたちの傍にあると
別れのミサのあいだ　R子さん
わたしは　そのことばかり考えていた

先の詩聖と同じホスピスで
痛みから放たれた最後の日々のことを聞いたばかりだが
そんな偶然やこの世への愛着の徴しかもしれない痛みは
何の〈暗喩〉だというのだろう

成人した愛息を交通事故で亡くされたあと
「冗談じゃないわ」と言っていたR子の遠い声が
昨日のことのように　また耳の奥から聞こえてくる
冒頭の詩につづく次の終行とともに

もし地獄とやらにも
　微笑があるとするならば
　　このやうなをかしさに違ひない……[*2]

神隠しとも思える突然の死が冗談だとしたら
ここに居合わせるわたしたちの生もまた
冗談のようなものかもしれない
と　唇には不敵な嗤いが浮かんでくる

テレジアR子
白い花に縁取られて　参列者に微笑みかけるあなたは
今ごろ　晴天の彼方でEくんと再会しているだろうね
そう思ったとき　司祭の声がわたしたちに届いた

以前の天と地は過ぎ去った……
　神ご自身がかれらとともにおられて
　かれらの目の涙をすべて拭い去ってくださる
　もう死ぬことはなく　悲しみ叫び苦しみもない[*3]

＊1　安西均詩集『暗喩の夏』の表題作より
＊2　右に同じ
＊3　ヨハネの黙示録21

凶日《アシュヴ・ディン》旅情

インドの雨

とつぜんの　どしゃぶりの雨だ
雨水は行きどころなく
舗装道路が速い流れの川になる
コルカタ*の玄関・ハウラー駅への道は渋滞して
車中に浸水、し、　か、、　け、、、　る、、、、
前後の車ともども浮いて、　き、　そ、　う、、　な、、、、
こんな日　無数の路上生活者はどうして、　いる、、　か、、

境界線も句読点も　雨に煙り流されて
ベンガル語で早口にしゃべる宿の運転手は
「ランチ　ラゥンチ……」とくりかえし
とつじょ　駅とは逆方向に走りはじめる
え？　昼食《ランチ》？　ラ、ランチは要らないっ時間がないっ

＊旧称はカルカッタ（一九九九年まで）

ハウラー駅プラットホームで

やがて車はガンジスの支流フグリ川の艀に止まる
ランチつまり汽艇《ランチ》は　ひしめく乗客と分刻みの不安をのせて
鉄道の巨大ターミナル・ハウラー駅の裏戸口へ

けれどデリー発・空の便も遅れ　いくら待ってもS女史は来ない
二十一番線のほうから牛がのっそりやってくる
白布にくるまれてホームに並ぶ死体はやさしく無視されている
ストーリーはここできっと書きかえられる
乗るはずだった二十両連結の長い余韻を見送りながらそう思う

無い?!　ない?!　財布がっナイっ！
二時間近く遅れて合流したS女史が叫んだ
物乞いをする盲いた老女に　膨らんだ財布から
人波のなかでコインを恵んだその直後だ
見えないはずの
それを見ていた第三の眼はあのとき　どこにあったのか？

シャンティニケタンのカーリー女神

今日の悪霊を祓おうと
ベッドの上で　彼女は一心に祈りつづける
生粋のヒンドゥ教徒の思いはカーリー一色に染まり
翌朝　地元の人に導かれて土着の女神に会いにいく
道々　供物を買って訪れた野辺の祠《ほこら》
香を焚き　僧が祈りをあげると
身体《からだ》を揺らし　髪を乱し　笑い声はしだいに昂ぶり
殺戮と破壊のおどろおどろしい異形の女神が憑依して
彼女はもう彼女ではない

果てない祈りのそばにいて
ガンジスの同じ水に濡れ
二人の間にどんな結界が立ちはだかったのか

異世界から放たれてもまだ目覚めない
ぐったり脱力した身体を支えながら
わたしはかすかに嫉妬している

持ち帰った切り口

帰路　列車に乗ってきた吟遊詩人《バウル》の唄にコインをはずみ
わたしたちは売り子から少しずつ違う布製肩掛けバッグを買った
ハウラー駅のプリペイド・タクシー乗り場へ急いでいると
　無いっっ！
後方からふたたび彼女の悲鳴が聞こえた
眼に飛びこんだのは
バックを横一文字に切り裂いたカミソリの痕
旅先でようやく工面した旅の軍資金が　携帯がない！
バラナシ《ベナレス》への一人旅ではシヴァの祭りに出会い

ガンジスの黄昏どき　岸辺の儀式に小舟から異邦人の祈り《プジャ》を捧げ
コブラ使いの老人は吉祥の旅を約してくれたのに

この鮮烈な切り口は　いただき！
そこから見残したインドがきっと見える　と覗くたび
〈もう一度お行き〉と囁く　その口

ガイアの詩《うた》

こんなに微少な生命《いのち》ですが
億万年のかなたからやってきたのです

はるかな空や海を父とも母とも感じるのは
あなたと同じ
言葉や肌色もちがう一番遠いあなたとも同じです

幼い遊びの地図のはずれ　寂しい村のつきあたりで
沈むお日さまから目が離せなかったのは
そこが明日をかけて行く空だったから

あざやかなマリン・ブルーに誘われて
遠浅のエーゲ海に分け入ったのも
素肌で海の鼓動とクロスしたかったから

あえぎながら挑む鋭く厳しい山巓はどこより
地球の神秘な襞に触れるところ
旅に出れば　地上の景色や物語はみんな
光と影で綴られていることに気づきます

この瞳には映っているでしょう
わたしの空とひとつづきのあなたの空
あなたの瞳だって映しているでしょう
あなたの海に流れ込むわたしの海

小さな一歩も　かすかな溜息もときめきも
遠くて深い地球の呼吸とつながっている
光年の未来からこの星を語るダイソンの宇宙《そら》に
マイヨールが達した深海のグラン・ブルーに
日本の詩人・俊太郎のコスモスにも

けれど　いつもひっそりと寄り添っている
傾ぎながら自転する　わたしやあなたの淋しい危うさ
あなた《アダム》とわたし《イヴ》は一つになって
血や涙にも親しい息づく生を　その数だけの死を生んだ
億万種もの生命が　地球の輝きと不思議さを生む間にも

わたしたちはきっと
遠くからここへやってきたのです
ただつかのま通りすぎるものとして

汚しても　なお美しいこの惑星を
次にやってくるものたちに受け渡すため
愛しています　近づく死と馴染めるほどには
わたしたちの後に連なる　あなたたちのこと――

神々の視線

その町では　いつも見つめられている
見知らぬまま心のうちに
仰いできた霊峰の視線に

カトマンズから飛んだポカラの空港で
迎えてくれたのも　そんな白い峰マチャプチャレ
ひとびとの暮らしの屋根に
半球の形に枝を伸ばす菩提樹にさえぎられても
木漏れ日のまなざしを投げてくる

ペワ湖沿いの土産物を並べた店先で
同じまなざしに　古代の石が温まる
合わせ貝のように開く石に　石の数だけ
海底を這う三葉虫を眠らせている億年の時間
私もまた　そのように過ぎてゆく者だ

曙とともに開き　黄昏に閉じる視線に
少しでも近づこうと　私たちは登っていった
「ベッサム　ピリリ……」　ガンダルバ族が
奏でるサランギの弦の音に見送られて
フェディからダンプスへ　チャンドラコットへと

どこまでも高く拓かれた棚田の谷あいを走り
アンナプルナへ遡る道を光らせるモディコラ川
樹木の幹に寄生する野生ランの　苔の径

長いあいだ忘れていた牛の歩み　牛の咀嚼
稗を打つ女も　竹籠ドゴを担ぐ子らも羊の群れも
この山の村では限りなく天に近い

行く手に突如　白黒の使者の風貌で現れて
伝令も知らせないまま消えた尾長猿ラングール

闇を開いて始まる今日の意味を
無言で語る黄金色の朝焼けも
ひとを寄せつけない青い氷の山肌の機微まで
パノラマの全貌を見せるエヴェレスト連峰も

この詩の外へと
消えない余韻をひびかせて――

アルバムの旅

出会うはずだった人には出会わなかった
気まぐれに　少し違う道を行ったので

いえ　はっとする出会いはあったのに
何ごともなかったように〈あの瞬間《とき》〉を
置きざりにしてしまった
正直に自分に向き合うには　ちょっと青すぎて

立ち止まらなければならなかったのに
こんなに遠くまで来てしまった

あの人は　そしてあの人は
今　どこでどうしているだろう
消えていた疼きに目覚め　はるかに霞んだ景色を探る
そんな季節

手がかりは　不釣り合いで思いがけない〈あそこ〉——
一間半の壁面いっぱいを占めた二基の金庫の扉の中だ
右の扉には　つまずきながら探した言葉の頁を
左の扉には　言葉を封じた数々の瞬間《とき》のアルバムを
閉じこめた
五十余年住んだ旧居の〈もぐら部屋〉も引っ越したので

〈あそこ〉から見える狭くて広い景色と語らい
ひとりの時間を過ごしたいと思いながら
果たせないまま数年が経つ

母屋から十数メートル離れた距離がちょうどいい
数字にまみれた来し方の税務の仕事はもう忘れていい*
そこで新たに　ゆっくり芽ぐむ詩の種を摘めるといい
〈あの瞬間《とき》〉と〈あの場所〉の交差点で
見失ったあなたに　出会えるかもしれない

庭角の離れへ向かって立ち止まると
南から西に富士や鳳凰三山が　甲斐駒や南アルプスの白い峰々が
北に八ヶ岳・瑞牆《みずがき》山・金峰山・奥秩父の懐かしい峰々が……
こちらを黙視する山々の視線と無数の写真に囲まれ
その向こうに槍や穂高　白馬や立山を幻視し
億年の時空を分かつ山の襞に　星のような草花に触れている
頁のすきまからさらに遠く

カリブやエジプトやネパールへ　世界の辺境へと
そこにはいつも〈現在《いま》〉から逃げたい自分がいて……
やがてわたし自身　もう逃げられないほど
遠くなるのに

＊離れは以前、税務会計事務所だった二階建て

Ⅱ

廻り舞台

積み重ねた五十年の歳月が
掛け替えない　その刻一刻が
どんな音立てて瓦解するのか
誰にも告げず
百二十キロを走ってこっそり見にきた

無断で住み着いたものたちが
いっせいに四方に散っていくという一瞬に
立ち会ってみたい　と思ったが
すでにその瞬間は飛び散って

三日ほどで終わりましたね
お隣りさんはさらりと言う

〈メソポタミア〉と銘打った鋼鉄の腕を
振り上げ振り下ろし残滓を掻きまわしているのは
日本語のうまいクルド系トルコ人
怪獣まがいの油圧ショベルばかりが我が物顔の
もう　そこは異世界だ

三十センチの幼木から五百の実をつける巨樹になった柿の木が
最後まで残っていた門扉とポストと宛先が
裏の隣地へのモザイク貼りの位置指定道路が
風通しの良い目隠しとなった敷地二辺の
丈高いドウダンツツジの隊列が
消えて

人目をはばかる必要もないのに
ちらりと　それでもじっくりと
お向かいさんの目線で盗み見している
似ているが少しずれている通りすがりの好奇の目も
立ち話しているあの人も誰か
思い出せないまま

過去との距離を測りかね
木々の来歴　石の沈黙　草花の囁きを拾いながら
時計草　紫式部　十二単　日向水木……
と巡って歩く
星形に横木を渡されて
かつての家族のように支えあう五本の白樺も
テッポウムシにやられてとうに消えた

ドラマの幕切れもそう遠くないわたしたち二人の舞台に
消えかけた航跡に逆波を立てて
急に現れた戦士たち
昔のように家族五人が一つになった最後の日
ここで育った　あの時この時を狩りながら
レンタルトラックに植木を掘り起こして積んでいく

あれらは時の続きを生き延びるのか
好き好んで苦労を買う挑戦者ばかりのあなたたちは
あっという間にそれぞれの道へ散っていき
ふたたび見えなくなったけれど
しかたがないから
その心意気だけは信じている

もぐら部屋

設計上のすきまを活用したユーティリティ
だが　その空間はいつしか雑多なモノであふれ……
今や　秘密を隠すに好都合な奥行きばかりの収納室
そこを私たちは〈もぐら部屋〉と呼んだ

階段の裏側にしつらえた吊り棚をしならせ
山へ　森へ　海の向こうへ
この足の軌跡とまわりの情景を記録したアルバムは
室《へや》の一角を占めて　もう百冊に近い

饒舌だった写真の一枚一枚も　年月とともに寡黙になって
すでに　多くを語らない
先代や先々代の写像と亡き霊《たま》も
栞のようにあちこちに挟まれていて

半世紀を超えるその瞬間瞬間《ときどき》の風景に語らせ
これを最後とばかり　頁をくまなく訪ねてみようか
長い道のり　その迷い路ときっぱり別れるために

そこには　芽吹かなかった詩の種が
数々　捨てられているだろう
本音をはぐらかすカメラ目線でこちらを窺う自分には
どう語りかけ　何を吐かせればよいだろう

陽の目を見ず歳月を過ごした複数の人形の閉じない瞳は

押入れの闇に何を見たのか
多量の母の日記と同じ闇を分かちながら
利けない口に　戦争を挟んだ母の繰り言が乗り移る

もう使わないゴルフ道具に油絵セット……他にもたくさん
捨てたくて捨てられない一つひとつに宿る九十九神《つくもがみ》
それらモノの霊の金縛りにあい
明日への旅支度にはほど遠く
今日も半日　もぐらの姿で時間の奥に囚われて

家の本音

四十年も経つのだもの　家だってもう疲れている
〈なかなかイイ家だ〉となでてまわった
寄せ木の床が　チークの壁が　艶をうしない
気にしなかったシミが目立ちはじめる
年月の歪みが家のそこここに溜まり
思いがけないところからキィ～と
聞き慣れない音《ね》があがる

出ていった子どもたちの分だけ広くなった家のなかで
流れついたもののように傾いて暮らすわたしたち

一枚ガラスのむこう側は
今にも押しよせようとする緑の海だ

荒々しく波だつ歳月はおおむね外部からやってきた
雨風と　陽光にさえゆっくりと形を崩す波打ち際
自然にもどろうとする木造の家が家であるためには
やはりたたかいは避けられない
わたしは消毒用ポンプを持ちだし
剪定バサミを振りあげる
危うい家族の輪郭だって
こうやって保たれてきたのかもしれなかった

頭上にいっとき広がった空は
たちまち二人には広すぎる空洞となり
わたしはなりゆきに追い立てられて外にいた

朝ごと満員電車にもまれながら

ところで　仕事で家を空けるようになってから
あそこにはたしかに何かが棲むようになった
疑心にかられて電話を入れると
ルームモニターの向こうで
ひっそりと息をこらしているものの気配
薄紫に暮れる街で　鼓動とともに早まるわたしの足

〈ごめんください〉
わたしはいつしか訪問者の顔になり
固く閉ざされた扉の前に立つ

あたふたと電気を点滅させ
あちこち蝶番を軋ませながら

朽ちてゆくものを生きかえらせようと
糠床をかきまわす要領でよどむ空気を入れかえる

あれからさらに十数年
いよいよこの家の本音を聴き
暗闇にひそむものの正体を目の当たりにするときがきた
皮膚をはがし関節を外し　ぐらつく屋台骨をつき崩しつつ
家がたどった時間とずれた軸の核心にせまる

そのときさっと　わたしたちもまた暴かれる

誰《た》そ彼《かれ》

久しぶりにHさんに出会った
夕映えでへんに明るんだ道の上
斜めに伸びた影のほうが
よほど生き生きしている夕まぐれ

久々といっても家の門扉のそばである
Hさんの家も　五十歩百歩の距離にある
あら、あ……H、ＨＩ……と呼びかけようとして
口を噤んだ

夕陽の方角　自分の家のほうへ歩きかけ
くるりと振りむいて　無言のまま
棒立ちになり　じわーっとわたしを凝視している
Hさんの瞳にはいったい何が映っているのか
ただならぬ気配を感じたのだ

わが家の事情をみんな知っているあの目つきは
何が喉元につかえているためだろう
声をかけそびれ　背を向けた後も
Hさんの不自然に坐った視線が　黒々した影の残像が
ずっとわたしを追ってきた

Hさんとのつきあいは　じつは長い
誰にも明かせないわが家の事情を数字にして
机の上に広げてみせるようになってから

またたくまに　干支ふたまわりほどが経っていた
そんな助っ人を替えたのはほんの数年前のこと

補助線を何本ひき直しても
割り切れない割り算も引き算もあるものだ
過重なローンを被った土地の線引きやバブル崩壊……
詩にならないお話はどこにでもあって
春の気配が芽吹かない季節は続いた

「危なかったのよ　ほんとによく助かったものよ」
数日後　近所で入院していたHさんの噂を聞いた
記憶はあらかた封印され
踏み越えた世界の今はどのあたりか
太陽が名残惜しげに傾くたそがれどき

逆光のなかに佇んでいる彼は　彼女は　誰なのか
わからなくなる神隠しの刻

＊タイトルの出典は万葉集（作者未詳）、現在の〈黄昏《たそがれ》〉の語源。
「誰そ彼とわれをな問ひそ九月《ながつき》の露に濡れつつ君待つわれそ」

「人はこの世の

愛欲のきずなにつながれて生きておりますが
つきつめてみると
独り生まれ独り去り独り来るのであります」

住職の有り難い　つまり有るに難いお話は
浄土真宗の聖典にそってこのように始まった
一人息子の結婚式のその話に　住職の顔も
白菊の香る仏壇の顔も　一緒にほころんで

ありがたい　言いかえればめずらしいわけは
来賓の僧侶の新郎新婦へのはなむけの言葉
住職の資格をいまだ得られない新郎に
それをすでに持った花嫁が嫁いだとあれば
新郎はいつ死んでもいいわけですなぁ
と
そんな話がなんでそんなにありがたいのか
分からないまま住職の話は次のように落ちた

「終わり」というかわりに「お開き」というように
別れる・死ぬは式典の禁句
だがそこはたがいに生死の敷居を往来し
見えないものを見つづける
われらプロ集団の内輪の会

死を背負ったわたしたちの生ならば
ほんらい独りなのに二人で歩むめでたさを
言祝《ことほ》ぐ今日の意味はたがいに分かった上のこと
そのめずらかでありがたいお話の
これはほんのおすそわけ――

――と言われたのかどうだったか
途中から足のしびれに身じろぐばかり
ちょっと上目づかいで盗み見た仏さまは
あいかわらずね　と微笑んでおられた

＊タイトルと始めの三行は浄土真宗『聖典――まことのことば』より

遺された五文字

もう問いかえすこともできなくなった
「その時」を呼びよせたようだ　と弟がいい
「ほんとに」　とわたしが答えた
あと一ヵ月余ですから　という医師のすすめで
嫌々　家に連れかえった皮肉なシナリオ
モノ言わぬ臓器にできたガンは
その時　はじめて赤い口を開いて

血なまぐさい白昼夢
救急車の悲鳴は休日の　東京の心臓部を横切った

どんな天の配剤か
わたしたちの座標軸はどこかいつもこんなふうだ

英霊たちが帰ってくる暑い夏は
五十回目を記して一昨日で終わった

生死のさかいめに添えた手と手で
五十年の足跡を消しながら秋もすぎた

同じ屋根の下で違うレールを走った母娘の
あの時とその後の幸と不幸を数えて年は暮れた

母はもう七年前の父に追いついただろうか
秒針は正確に現在《いま》をきざむが

住む人のいなくなった部屋の暦は
年が明けても八月のまま

死の床で最後に発した　アリガトウ　の五文字は
看取った人たちへ用意されていた置きみやげ
もう声の届かなくなったへだたりから
わたしに向かって投げられた最期のことば
ゴメンナサイ　の五文字を抱いて
突き放された此岸に立ちつくす

猫と白樺

道向こうは猫屋敷と呼ばれていた
朝ごとに魚屋のバイクで届く三段重ねの木箱で
餌の量と飼い猫の数を測っていたが
おそらく三十匹はいただろう

男運のない母娘が住むという三百坪の
竹藪の奥はうかがえない
が　猫は脈絡ない頻繁な消息をたずさえて
日夜を問わず　わが家の庭にやってきた

捨て子か夜泣きか　と耳をあざむく猫の恋歌
芝生にしつらえた砂場はたちまち猫の厠となり
勢いに負けて　追い出された幼子《おさなご》たち
一通の辞令でわたしたちも西へ　そして北へ
新築四ヵ月のわが家を後にした

それから八年
空白の年月の猫物語は　とんと分からない
道向こうの屋敷も住人も変わったのに
はぐれた猫の気配がいつまでも庭を往来する
ハート印の設計図はこうやっていつも
たやすく変更をせまられる

そして十年
砂場の東側に寄せ植えにされた

ネズミモチ・ピラカンサ・紫式部・くちなし……
星形に横木を渡されて支えあう　家族の数だけの白樺の一群れ
武蔵野の鳥と高原の風を呼ぶはずだった構図は
一本また一本　内部を鉄砲虫にむしばまれて消えた
白樺の根方に切った煉瓦敷の炉は未使用のまま

行く先十年の図面を描きあぐんで
一年　そしてまた一年

すきま風の通り路

瞬く間に　リビングの王道をかけぬけた
小さくてしなやかな筋肉のうねり　つややかな毛並み
夜半　明かりをつけたとたん
思わず　長い悲鳴をあげた

朝を待って　フマキラー激取れハウスを買ってくる
けれど　気配すら捕獲できないまま日が経って
ハウスのねばねばに絡まれている
わたしの焦り　わたしの自嘲

その日から
暗闇でじっとこちらをうかがっている
生温かいものの気配が脳裡を離れない

わたしもじっとうかがっている
ここに移り住んで四十年
無断侵入を許した通路のありか

子供がみんな小さかったころ
裏の草地の野鼠家族を何度も首尾よくお縄とした
これだけは　と家族で譲りあうひと騒動は
罠ごと溺死させて土に埋める後始末
頼もしい引き受け手はまだ屈託のない末の子――
だったはずなのに

はじめて聞いた
　ほんとはどんなに嫌だったか
　キーキー鳴くし　いつも逃してやったんだ

名指された〈ひどい親〉は
昔も今も肝心なところで帳合いの取り方を間違える
いつの日か
もっと取り返しのつかない大きな影が
きっと　やすやすここを通り過ぎる

この家の一番おいしいコーナーに
空っぽの激取れハウスは増えていき
つかまったまま
身動きできない　わたしの思い

釣りの心得

まず撒き餌《コマセ》をしなけりゃならん
コマセたからって食ってくれるとは限らない
ウキの動きをじっと眺めて待つことだ
当たりがきてもいきなり引き上げちゃぁいけない
送っておいて引っ掛ける
乗ったとみせて乗せること
何ごともそこんところだ
そこんところの微妙な呼吸がむずかしい

ほーら　引きがきた
この締め込みでは大きいぞ
こうやって糸をのばしてうまく合わせる
海に千日　川に千日
てれんてくだのかけひきだ
もうこっちのもの　と思っても
寄せと取り込みで失敗しては何にもならん
ところであんたさん　何を釣り落としなすったね

問いばかりを重ねる日々から車を駆った
約束のように行き合わせた太公望に
いつしかわたしは釣られている
老練な釣り師は獲物をタマにおさめると
水をこちらに向けてくる

わたしも釣りをやります
とは　言いかねた
原稿用紙の網を擲《なげう》っても
戦果はときに哀しい貧しさなので……
　不運は引き網の中の水みてぇなもの
　引くときゃ　やたら重てぇが
　寄せてみりゃぁ　何にもねぇ
とは　ずっと前にみた映画の台詞*

掬うつもりで掬われている
今日や明日の糧ではない
すこしの〈ほんと〉が欲しいばっかりに
とんでもないものを引っかけて
四百字詰め　枡目の網で焙られている

＊トルストイ「戦争と平和」より

窓の向こう——都市と森の伝説

1　海の欠片《かけら》

ふいに海が見たくなる
そんな日がある
わたしの内に閉じこめられた
どんな潮が騒ぐのだろうか

朝な夕なパソコンだけと会話した一日の終わり
職場から帰るはずの踵をかえし
硬い靴音をひびかせて　ビルの中へ——

分厚いガラスで仕切られた海の切り口
そこから好んで眺めるのは
マゼラン海峡で生け捕られた　いるかの泳ぎ
誰かに似ているバイカルあざらしの屈託のなさ

忘れようもない水域の習性が
壁とのはざまで細かい屈折をくりかえす
と　海へのロマンもいびつに翳る

〈おうちに帰りたいんだよね〉
お母さんに手をつながれた坊やが呟く
壁にむかっておじぎのしぐさをくりかえす
パンダいるかの水槽の前

覚えたての習性が
鼻先で隣室への扉をゆすっている
そのたびに天井のライトが落日のきらめきを見せて
いるかの背丈ほどの海が揺れる

だが　いるかの知らない扉のむこうは
六十階建てビルの屋上階*　脱水もできるお魚のホスピタル
窓から見えるのはコンクリートの目眩む断崖
ふるさとの海によく似た青い空

水槽のたった一つの小さな出口は
病室をへだてて　波ひとつない
はるかな天へとつながっている

*東京・池袋のサンシャイン水族館

2 熊とジャンビィ

しんしんとした闇である
それでも高いところから
洩れてくる明かりがあって
木々はそよぐ　土も匂う　どこかを川が流れている

白が　思うまま書きこめる余白なら
黒は　すでに書きこまれた飽和の色か
目を凝らすと
うごめいている物の気配が充ちている
人里離れた　明かりひとつないオート・キャンプ場

「熊が出たらどうするの?」と　誰かがいう
それだけでもう　闇は熊の輪郭を帯びてくる

「人間のほうが怖いかも」と　もう一人がいう
すると枝から吊り下がった霧藻サルオガセは
青白い顔をした人型になって揺れている

次の瞬間　わたしたちはとっさに逃げた
闇がえがく想像力から　わたしたち自身から
空想の余地のない明るい管理棟へと
無人だと思っていた管理棟には人がいて
キャンプの怖いキャンパーは笑いの種となった

その夜　畳に敷いた寝袋の闇の中で
アフリカの巨きな森の暗さを思った
カリブの湖沼地帯マングローブの月明かりを
角とひづめを持つ森の守護霊パパ・ボワ*1の深い瞳を
かれらの影となってともに生き生きと生きている

数々の愛嬌あるお化け　ジャンビィ[*2]たちを
瑞牆山の山ふところ　こんな奥秩父の奥だから
どこかに巣をはって
いたずら好きの蜘蛛男アナンシー[*3]はいるかもしれない

不安も想像力も締め出している
夜も眠らない都会の明かり
わたしはもう一度　闇をのぞきに窓辺に立った

＊1　民話に出てくる森の動物を守っている半獣神。牛の角とひづめを持つ。
＊2　アフリカの奴隷たちの言葉で、ゴーストのこと。
＊3　アフリカ伝来の民話のキャラクター、スパイダーマン。人間の姿でいたずらをするが、都合が悪くなると蜘蛛に変身する。

Ⅲ

わたしの地図帖

沈む太陽を追って西に走れば
今にも去ろうとする一日を
つかのま繋ぎとめることができるだろうか?

忘れていた
お日さまがこんなに身近だったこと
気づかなかった
わたしたちがその光で照り返され
今日がまるごと染められて
一日がまぶしく演出されていることを

扉を開けては閉め　開けては閉める　そのくりかえし
そんな暮らしを背に　三千キロを超えて走る遠い旅に出て
出会ったのは太陽だった　なにより美しいのは太陽だった
昇る陽に逢い　沈む陽に別れ
〈おはよう〉や〈おやすみなさい〉のかわりに
感嘆符ばかりの会話をした

昨日から今日へ　今日から明日へ移り変わる
その幕間のドラマにわたしたちは声を上げた
そして思い出した
朝は東にむかって手をあわせ
夕べは西に向かって手をあわせる
お日さまとともにあったひとびとの暮らし
そんな暮らしから遠いわたしたちを

春浅いたそがれどき
フェリーは東京湾・有明埠頭を出港した
無心に手を振るたくさんの金波・銀波に見送られ

潮岬沖で夜が明けて
徳島に上陸したわたしたち
たっぷりとした一日のラスト・シーンには
瀬戸大橋のまんなかで追いついた
海へ降りる小さな与島は今日を熟読するかっこうの台座
大小の島影をぬう小さな舟が　あしたへと
赤く熟れたお日さまを曳いていった

つぎに出会ったのは倉敷川のほとり
柳の新芽にきらりと止まり　川面をゆらし

ふたたび世界は色づいて
朝まだきアイビー・スクエアから美観地区へ
わたしたちも頬を髪を肩を　太陽の色に染めて歩いた

井倉洞から広島を通り　萩市に着いたとき
まっさきに笠山に登ったのは
瀬戸の日没が忘れられなかったからだ
さえぎるもののない水平線は
水の地球の丸さをなぞり　お日さまは
もやった大気に浮かんだ桃色の気球だった

けれど夜中には低気圧が通過して
不機嫌な空は宿ごとわたしたちを揺らしつづけた
海から引き入れた舟と舟とが掘割でぶつかる音を
畳の向こうの艫綱のきしみを　一晩中聞いていた

表情を変える雲の切れ目から
なつかしい億光年の光が射して
日ごろ見えていないものが見えたのは
ゆかりある大分県の深耶馬渓を走っているときだ
振り返れば遠い小一の遠足のその日　ここ

湯布院・金鱗湖のファンタジックな朝もやも
モルゲンロートに共々染まった由布岳も
高千穂峡のゆうぐれも　日南海岸の明るさも
みんなお日さまの光と影

これからはじまる一日がどんなに清しい色をしているか
終わった一日のシルエットがなぜ一様にやさしく親しいか
わたしたちは忘れていた

コンピューターも高いビルも洒落たくらしも
なにも持っていなかった遠い日の祖先よ　はらからよ
けれど果実のように熟れる一日の意味を
あなたたちはまるごと
知っていたにちがいない

近況

こんなふうに空の近くで寝そべっていると
一片の雲になった気がします
かる〜くなって　薄〜くなって
むこうのほうまで拡がってゆけそうです

雲海から顔を出した峰々の名を
焼岳　乗鞍　南アルプス　白山……とたどってゆくと
足でかせいだ視界は一千キロ
鳥の目で　この星の美しさをなぞっています

ここ　西穂高岳独標ちかく
運んできた詩集もノートもハイマツの陰に眠らせて
今はわたしが一行の詩です

わずかな水と一握りのごはん
それだけの身軽さになって頼りない自分を頼めば
氷河期の目眩むカールを見下ろすやせ尾根の
わたしにも十三の険しいピークが越えられました

一つの峰にかくれたもう一つの峰
峠はいくつもあらわれましたが
行きつけば　さらに広い眺望が展け
たくさんの暮らしをささえる松本の屋根は
諏訪湖のさざなみの明るさで光っていました

わたしたちの日々も角度をかえれば
あのように薄日を浴びているかもしれないと
遠い街に住む失意の友に伝えたい

明日はここで手紙を書きます——

オーイと手をあげるわたしの影を
まあるく囲んだふしぎな虹について*
ナナカマドの赤い実にとまっている秋について
途中で出会った人たちのなつかしい眼について

わたしはやっぱりこの星が好きです
と　結ぶ手紙

*ブロッケン現象

この秋、涸沢

梓川の瀬音を聞き　落葉松の落葉を踏んで
一足ごとに今年の秋を読みながら歩く

夏の名残りのトリカブト
その細工の細やかさ
ひょうたんぼくの赤い実
その発色のみごとさ

草木の造形や季節の移ろいを
一行一行　精読するわたしも

秋の陽にゆっくり読まれている
千年の風と光と影のなかで――

明神・徳沢・横尾と初めてたどる友が
秋色の景色となって前を行く
梓川を横切り　横尾本谷を渡り
ナナカマドの涸沢をあえいで登ると――

とつぜんわたしたちに降りそそぎ
圏谷《カール》に積もる　二万年の刻《とき》
雨と氷と太陽に研がれた稜線で
鋭く空を斬る　一七〇万年の山の貌《かたち》
ここでは時間の姿がよく見える
東陵からのびるゴルジュの上の
あれが　北穂

ザイテングラートをたどった先の
あれが　奥穂
そして吊り尾根から立ち上がる前穂1峰

あれが　あれが　と友に指をさし
辿らなかった谷と峰を数えながら
つづきは自分に語りかける
もう踏むことはないだろう
北穂の向こうに隠れている滝谷やキレット
浮き石だらけの涸沢岳と涸沢槍
そして逆スラブの西穂から奥穂への尾根の道

自分の内部からときどき鮮やかに立ち上がる
忘れられないあの一瞬この一瞬は
わたしとともにやがて倒れて消えるだろう

初雪の槍連峰から息をつめてみた紫紺の常念も
北穂から眺めた美しい槍の姿も
鏡平に逆さに映るその穂先も
岳沢の岩稜にしがみついていたイワギキョウも

けれどあのとき　そしてあのとき
千年の光と影と交わりながら
根かぎりの力でわたしは
まぎれもなく生きていることを証したのだ
万年の中を通過する一点として

夏の余韻

元気ですか
いま深い谷のどのあたりを歩いていますか
他人《ひと》の気配はしてますか　それともやはり独りですか
暗い影のなかですか　神秘な光のなかですか
淋しくないですか
行く先のルートはみえますか

今年の夏は剣岳に登りました
体罰に似た負荷を自分にかけて
なぜ夏のあいだ　喘いでいたのか

あんなに……と思える遠さからここに至る道のりは
虚をつかむ日常にかわる手応えでした

前剣の峰から振りかえると
幾万年もの時空を美しく刻んだ剣沢のカール
雪崩に位置を変えながら
あそこに点在する蛍火ほどの山小屋は
巨きな自然に配置された人の営みの図式です

夏が終わって
いま余韻のなかで思っています
奥大日・大日岳とたどって称名平へ
二十九時間の山行のおわり
自分を支えてつっぱった杖が宙を蹴って
ずり落ちて知った人ひとり分の軽さ

あちら岸に手の届きそうなたわいなさ
ましてこの世での人と人とのへだたりに
越えられない淵なんてないと思えます

午後から湧いた霧のむこうに
空を斬る岩稜の陰に
つづいているのに消える道
日常の底で気づかぬうちに辿っているのは
もう見えなくなったきみの笑顔
ここからは読めないきみの踏み跡《トレイル》

ちょっと無理な姿勢で背負っているのはなんですか
連れだっているのは頼みにできる夢ですか
痛むところはありませんか
帰り道はわかりますか

芽出しの春を憶えていますか

きみのシナリオ　自作自演の舞台から
日暮れの寒さにつかまる前に
若さを疲れさせないうちに
ねぇ　やっぱり戻ってきませんか

旋律、そして戦慄

一日　二、三回はのぞきにゆく
気づかないほどだが
それでも確実に大きくなった
生まれたばかりなのに
それらしい動きと形は　春の旋律♪♪
黒い音符のそよぎが愛らしいとまたのぞく

生まれたてには違いないが赤ん坊ではない
新しい命を育てて　ほくそ笑むのは本能か
育てるものが無くなった手すさびか

今朝は粉末かつおぶしを少しやった

その夜
寝ている首元がひんやりして眼が覚めた
日中　びっしょり雨に濡れたせいだと
布団を被りなおそうとして　飛び起きた
変態して　今や小さな手足を持つ無数の蛙の蠢き

それは　清澄庭園・大泉水の岸辺を埋めた
おびただしい卵のイリュージョンなのか
繰り返し観たスペクタクル映画「エクソダス」――
古代エジプト・メンフィスの宮殿にも
月光に濡れて這いあがる蛙の大群の残像か
おたまじゃくしのふるさとは　江東区の名園

磯渡りという飛石ぎわに密集している卵嚢を
一すくい　ちょっと失敬して帰ったが
増えすぎた卵塊はごっそり廃棄したのだと後で聞いた

目に焼きついているモーゼvsエジプト王ラムセスⅡ世の
ド迫力のCGシーン
異常発生した鰐が漁師を襲い
血の海となったナイル川
川面を埋めつくす魚の死骸に蛆が湧き　蠅が湧き
空を覆うバッタの群　突然の雹
そして四百年目の奴隷の渡渉を助けた紅海の海割れ
モーゼはヘブライの神になんども救われたが――

振り返ればわたしもまた
きわどい危機をなんどもくぐりぬけて　ここにいる

神を持たないまま
何の名において救われてきたのか知らない

蛙の幻影が消えた夜のスクリーンに浮かぶ
あの刻《とき》　この刻《とき》
水死を免れた水の厄災　火の厄災
それだけではなく　一歩手前で救われたかもしれない
あのこと　このこと

それでもなお　あと少し
危なげに　つながっている
水ぎわの
　飛石の
　　私の大磯渡り

もみじ前線

誰も帰らない部屋で
わたしの置手紙を読んでいるのは
どこからか迷いこんだ　すきま風でしょうか
〈今宵　わたしも帰りません〉

ほんのちょっと
もうすこしだけ
いっそのこと
と足をのばし　自分に約束したとおり
不安なほど遠くへきてしまった

いちはやく秋につかまっている北の宿

いけない！　と自分に禁じたことは
小さな糸口からやすやすと解ける
旅装を解きながら
今日を　ひごろを　わたしを解けば
たぐりよせたい　あの顔この顔のなつかしさ
夜にむかって　手紙に託し
わたしは　わたしのいない証をしたためる
〈明日は山深い紅葉を訪ねます〉

焼ける暑さのあとの発色に
目をうばわれ　心もうばわれ
渓谷にとびこむような姿勢で立っていると
　おひとりですか……

と　通りすがりに声をかけていく人がいる

ひとつ　またひとつ　川向こうで弾けて
わたしの胸で　もう一度弾ける発破の音
後始末ににた煙の細さ
こんな山奥をひっそり通すにも
壊さなければ開かない道があるのだろう

舞い散る葉っぱの
火照りの色を拾いながら
青沼　赤沼　みどろ沼……
ぬかるむ水辺に足をとられて歩いてゆくと
　あぶないですよ
さっきの声がついてくる

撒いたつもりが
いつしか薄闇に巻かれている
帰る時刻はすぎている
沼の不思議な瑠璃色に誘われていると
　ほんとにあぶない？
濃くなる闇に水際が溶けて
帰りたいところがわからなくなる

あとがき

詩歴も人生のキャリアも長くなって、今までに積み残したあれこれも含め、どう一冊に収斂させようかと考えた。しかし、来し方を見晴るかす峠に立つと、それらが互いに通底し合って現在に至る一本の道筋が見えてくる。私はかつてこう書いた――「地図をたずさえてはいますが／ただいまはわたしが地図 わたしが道／(…)／地図をはずれ 惑い星もはずれて一人往くまでは／地平線や水平線を限りなく遠ざけ／こちらの世界を拡げていたい」と。

本詩集『地図をはずれて』は、図らずも戦後八十年を目前にした出版となった。空襲、疎開、原爆、肉親との別れ、敗戦、引揚や復員の崖っぷちを越えて平和と安定は築かれたはずなのに世界の戦禍が絶えることはない。個人的にも国策に翻弄された一族の中で、〈わたしは誰?〉と所在なく暮らした年月が、日常を超えた山巓へ、水平線の向こうへと自らを駆り立てた気がする。無窮の天地と交叉する、点ほど小さな生を自覚しつつ、永劫の中の一瞬である「今」を超越するために。

今回の詩集は成り行きで、世界の植民地主義の超克を図るカリブに二十余年のスパンで関わったエッセイ・評論集『世界の裏窓から――カリブ篇』(詩人の遠征シリーズ、洪水企画)と、長崎発の七年がかりのプロジェクト「引揚詩」の会の五百頁全五巻の出版と時期を同じくすることになった。通巻で千数百篇を越える作品の肉声は引揚者三百三十万(民間人)のほんの一角だが、これら多様な体験は、個々のリアリティの持つ具体性や切実さゆえに、普遍的な真実に肉迫し得る、と私はずっと信じてきた。

最後になったが、編集部の藤井一乃さんには、貴重なアドバイスをいただき、心より感謝している。

八月吉日

谷口ちかえ

地図《ちず》をはずれて

著者　谷口《たにぐち》ちかえ
発行者　小田啓之
発行所　株式会社思潮社
一六二‐〇八四二　東京都新宿区市谷砂土原町三‐十五
電話　〇三‐五八〇五‐七五〇一（営業）
〇三‐三二六七‐八一四一（編集）
印刷・製本　創栄図書印刷株式会社
発行日　二〇二四年十一月十五日